SPCT

CANBY PUBLIC LIBRARY
292 N. HOLLY
CANBY, OR 97013

SP
P9-DVP-735

Este libro pertenece a:

_____

Sr. Peabody

Billy Little

LAS MANZANAS DEL SR. PEABODY

por

MADONNA
ILUSTRADO POR LOREN LONG

SCHOLASTIC INC.
New York Toronto London Auckland Sydney
Mexico City New Delhi Hong Kong

UN LIBRO DE CALLAWAY
2003

El señor Peabody felicita a su equipo de la liga juvenil de béisbol por haber jugado un buen partido.

EN LA CIUDAD DE HAPPVILLE

(que no era una ciudad muy grande), el señor Peabody felicitó a su equipo de la liga juvenil de béisbol por haber jugado un buen partido. El equipo no había ganado, pero nadie le daba mucha importancia, porque se lo habían pasado muy bien jugando.

El señor Peabody era el profesor de historia de la escuela primaria de la ciudad, y durante el verano dedicaba todos los sábados a organizar partidos de béisbol contra otras escuelas.

El pequeño Billy Little (que no era un chico muy grande) era uno de sus alumnos. Le gustaba jugar al béisbol más que nada en el mundo y, para él, el señor Peabody era el mejor. Después del partido, siempre se quedaba un rato más para ayudarle a recoger los bates y las pelotas. Al terminar, el señor Peabody sonreía y le decía:

—Gracias, Billy, lo has hecho muy bien. Nos vemos el sábado que viene.

Luego, se iba andando a su casa por la calle principal de Happville (que no era una calle muy grande), saludando a toda la gente que conocía, y todos le devolvían el saludo. De camino, siempre pasaba delante del puesto de frutas del señor Funkadeli. Allí, el señor Peabody se paraba y admiraba las manzanas frescas del señor Funkadeli. Entonces, tomaba la manzana que brillaba más, se la metía en la bolsa y proseguía su camino.

Al otro lado de la calle, Tommy Tittlebottom observaba con curiosidad al señor Peabody mientras éste se llevaba tranquilamente la manzana.

—¡Qué raro! —se dijo—. El señor Peabody no ha pagado la manzana a nadie.

Tommy se subió al monopatín y corrió a contárselo a sus amigos.

El señor Peabody toma la manzana que más brilla.

Tommy y sus amigos no pueden creer lo que ven.

El sábado siguiente, el equipo del señor Peabody jugó otro partido y perdió (como siempre), pero nadie pareció darle mucha importancia, porque se lo habían pasado muy bien jugando. Billy recogió las pelotas y los bates, y el señor Peabody empezó a andar hacia su casa. Saludó a toda la gente que conocía y ellos le devolvieron el saludo. Una vez más, se paró frente al puesto de frutas del señor Funkadeli, tomó la manzana que más brillaba, se la metió en la bolsa y prosiguió su camino.

Esta vez, al otro lado de la calle, Tommy Tittlebottom y sus amigos observaron al señor Peabody y no podían creer lo que veían. El señor Peabody no había pagado la manzana. Se apresuraron a contárselo a todos sus amigos, que se lo contaron a sus padres, que se lo contaron a sus vecinos, que se lo contaron a sus amigos de la ciudad de Happville (que no era una ciudad muy grande).

Al otro sábado, el señor Peabody esperaba solo en el campo de béisbol, preguntándose dónde estaban todos. Entonces vio a Billy que caminaba hacia él con cara triste.

—Hola, Billy. Me alegro de que hayas venido, pero ¿dónde está el resto del equipo? —preguntó el señor Peabody.

Billy no contestó.

—¿Qué te pasa, Billy? —volvió a preguntar el señor Peabody.

Billy no quiso mirarlo a los ojos.

—Todos piensan que usted es un ladrón —dijo, mirando al suelo.

El señor Peabody parecía extrañado. Se quitó el sombrero y se rascó la cabeza.

—¿Quién dice que soy un ladrón, Billy? ¿Y qué he robado? —preguntó.

—Tommy Tittlebottom y sus amigos dicen que lo han visto dos veces tomando una manzana del puesto de frutas del señor Funkadeli, y dicen que no las ha pagado —respondió Billy.

—¡Ah! —dijo el señor Peabody, volviéndose a poner el sombrero en la cabeza—. Vamos a ver qué dice el señor Funkadeli, ¿te parece?

El señor Peabody se pregunta dónde están todos.

—*Todos piensan que usted es un ladrón.*

Se pusieron a andar por la calle principal (que no era una calle muy grande), y el señor Peabody saludó a toda la gente que conocía, pero ahora algunos no le devolvían el saludo, y otros incluso hacían como que no lo veían. Finalmente, llegaron al puesto de frutas del señor Funkadeli.

—Vaya, ¿qué hace aquí, señor Peabody? ¿Por qué no está en el partido? —preguntó el señor Funkadeli.

—Hoy no ha habido partido —dijo el señor Peabody— y he pensado que tal vez podría venir a tomar mi manzana antes de lo habitual.

—Claro, ¿por qué no? —contestó el señor Funkadeli—. Ya me la ha pagado, como todos los sábados por la mañana cuando viene por la leche. Puede tomarla cuando desee. ¿Quiere ésa que es grande y que brilla tanto, señor Peabody?

El señor Peabody tomó su manzana, sonrió y se la ofreció a Billy.

—Gracias por la manzana, señor Peabody, pero tengo que ir a buscar a Tommy y explicárselo todo —dijo Billy.

—Cuando lo veas, dile que venga a mi casa. A mí también me gustaría hablar con él —contestó el señor Peabody.

El señor Peabody le ofrece la manzana a Billy.

Al cabo de un rato, Billy encontró a Tommy y le contó lo que había pasado con las manzanas. Le dijo a Tommy que el señor Peabody quería verlo cuanto antes. Así que Tommy se fue corriendo. Cuando llegó, llamó a la puerta y el señor Peabody fue a abrir. Se quedaron mirándose un rato.

—Ay, señor Peabody —dijo Tommy en la entrada—. No tenía ni idea. No debería haber dicho lo que dije, pero parecía que no pagaba las manzanas.

El señor Peabody levantó un poco las cejas y notó una cálida brisa en la cara.

—Lo que pareciera no cuenta. Lo que cuenta es la verdad.

Sin levantar la vista de los zapatos, Tommy dijo:

—Lo siento mucho. ¿Qué puedo hacer ahora para reparar el daño?

El señor Peabody inspiró profundamente, miró una nubecilla que había en el cielo y dijo:

—Ya verás, Tommy. Ve dentro de una hora al campo de béisbol y lleva una almohada de plumas.

—De acuerdo —dijo Tommy, y se fue corriendo a su casa a buscar una almohada.

Tommy llama a la puerta del señor Peabody.

Una hora más tarde, Tommy vio al señor Peabody en el montículo del lanzador.

—Hola, Tommy —dijo el señor Peabody—. Ven conmigo y no olvides la almohada.

Tommy siguió al señor Peabody hasta los asientos más altos de las gradas, sin dejar de preguntarse cómo terminaría todo.

—Qué viento hace hoy, ¿verdad? —preguntó el señor Peabody cuando llegaron arriba de todo. Tommy asintió con la cabeza.

—Toma estas tijeras. Ahora corta la almohada por la mitad y sacúdela hasta que salgan todas las plumas.

Tommy puso cara de extrañado, pero lo hizo de todos modos. Le pareció que era un precio muy pequeño a cambio del perdón del señor Peabody. El viento esparció miles de plumas por todas partes.

Tommy ve al señor Peabody en el montículo del lanzador.

El viento esparce miles de plumas por todas partes.

—*Cada pluma representa a un habitante de Happville.*

Tommy, ya más aliviado, dijo:

—¿Esto es todo lo que tengo que hacer para reparar el daño?

—Hay una cosa más —dijo el señor Peabody—. Ahora tienes que ir a recoger todas las plumas.

Tommy frunció el ceño.

—Me parece que es imposible recoger todas las plumas —contestó Tommy.

—Pues será igual de imposible reparar el daño que has causado haciendo correr el rumor de que soy un ladrón —dijo el señor Peabody—. Cada pluma representa a un habitante de Happville.

Los dos se quedaron mucho rato en silencio hasta que Tommy empezó a comprender lo que el señor Peabody le quería decir.

Al fin, dijo:

—Cuánto trabajo me espera, ¿verdad?

El señor Peabody sonrió y dijo:

—Mucho. La próxima vez, piénsalo dos veces antes de juzgar a alguien tan rápido. Y recuerda el poder que tienen tus palabras.

Luego le dio a Tommy la manzana roja y brillante y emprendió el camino hacia su casa.

El señor Peabody emprende el camino hacia su casa.

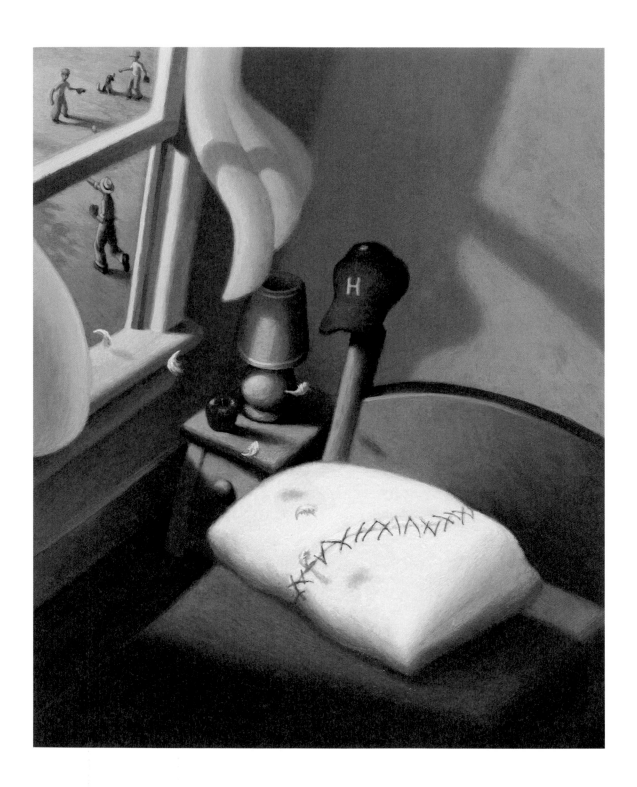

FIN

Dedicado a los maestros de todo el mundo.

Este libro está inspirado en un cuento de casi 300 años de antigüedad que me contó mi maestro de *Kabbalah*. El cuento vivió en mí durante mucho tiempo y, cuando empecé a escribir cuentos para niños, decidí que en uno de ellos transmitiría su esencia.

Este cuento trata del poder de las palabras.
Y de cómo debemos elegirlas con cuidado para no perjudicar a los demás.

El Baal Shem Tov, o «Maestro del Buen Nombre», autor del cuento original, era además un buen maestro. Nació alrededor de 1700 en Podolia, una región de Ucrania, y dedicó su vida a enseñar y a ayudar a los demás. Él sostenía que practicar religión por hábito era una actividad sin sentido, por lo que concedía mayor valor a la comprensión de las razones por las que nos dedicamos a la espiritualidad. Defendía el significado y la importancia del amor a todo el mundo como parte de sus muchas enseñanzas.

Espero haber sabido hacer justicia a su relato.

MADONNA

First published in 2003 as
Mr. Peabody's Apples
designed by Toshiya Masuda and produced by Callaway Editions, New York

Las manzanas del Sr. Peabody
Copyright © 2003 by Madonna
All rights reserved

Translated from English by Daniel Cortés.
Translation copyright © 2003 by Editorial Planeta, S.A.

ISBN0-439-62279-4

www.madonna.com   www.callaway.com   ww.scholastic.com

No part of this publication may be reproduced, or stored in a retrieval system, or
transmitted in any form or by any means, electronic, mechanical, photocopying,
recording, or otherwise, without written permission of the publisher.
Distributed in Spanish in the United States by Scholastic Inc.,
557 Broadway, New York, New York 10012.
SCHOLASTIC and associated logos are trademarks
and/or registered trademarks of Scholastic Inc.

Todos los beneficios que reciba Madonna de la venta de este libro se donarán a
la Spirituality for Kids Foundation.

MADONNA RITCHIE nació en Bay City, Michigan. Ha grabado 16 discos y ha
figurado en 18 películas, como *Ellas dan el golpe* (*A League of Their Own*). Vive con
sus dos hijos, Lola y Rocco, y con su esposo, el director de cine Guy Ritchie, en
Londres y Los Ángeles. Su primer libro infantil, *Las rosas inglesas*, fue editado en
septiembre de 2003 en más de 100 países del mundo.

LOREN LONG vive en Cincinnati, Ohio con su esposa, Tracy, y sus hijos Griffith y
Graham. Profesor de ilustración, su obra ha aparecido en las revistas *Sports Illustrated*
y *Time*, entre otras muchas publicaciones. Es un gran aficionado al béisbol y formó
parte de un equipo veterano durante muchos años.

SOBRE LAS FUENTES TIPOGRÁFICAS:

Para el texto se ha utilizado la fuente tipográfica Hoefler Text, un tipo de fuente que
fue desarrollada originalmente por Apple Computer entre 1991 y 1993. Para el título se
ha elegido la fuente Hoefler Titling, diseñada en 1996 como complemento para la serie
de las fuentes de Hoefler Text. Ambas se inspiran en fuentes como la Jean Jannon's
Garamond n° 3 y Nicholas Kis' Janson Text 55. Todas las fuentes han sido diseñadas por
The Hoefler Type Foundry Inc.

10 9 8 7 6 5 4 3 2 1   ——03 04 05 06 07 08 09
Printed in the United States of America
FIRST EDITION
November 2003